歌集

一点の青

稲用博美

鉱脈社

目次

歌集　一点の青

咲き競う

新しき時代の明かり津々浦にさき渡らせよブーゲンビリア

二〇一五年三月十七日ブーゲンビリアの記念植樹が県庁で行われました。みやざき新時代を祈念して。

風うたう光はおどる音楽の花咲く季節《とき》ぞみどりのまちは

宮崎国際音楽祭を迎えて。

妖精の大人となりて鍵盤を滑らす指の艶めきており

宮崎国際音楽祭で三浦舞夏さんの演奏を一年ぶりに聴きました。十八歳になったそうです。

喝采の波収まらず音楽祭希望と血潮愛のフィナーレ

宮崎国際音楽祭は、プッチーニのトゥーランドットで
二十周年の閉幕でした。

美《うるわ》しき南のくにの山と海愛《いとお》しまれて還暦祝う

二〇一五年は、日南海岸が国定公園となって六十周年です。宮崎が世界に誇る「美」です。

一ツ葉の海と大地に夢えがくまつはさかえる千年リゾート

シーガイア。全精力を注いで守ってきた松林とともに
永遠であって欲しいと願います。

咲き競う式部の御名の三姉妹蝶舞いわたる仕種ほのかに

宮崎県は、日本一のスイートピー産地です。神話や伝説にちなんだ美しい名前が揃っています。今回新たに三姉妹が誕生しました。佐土原高校のデザイン部が、素敵なイメージ絵図を創ってくれました。

支えくれしもの

お互い、何処か此処か不調なことを確かめ合ったとき
の正直な気持ちです。

わが妻よわが連れ合いよわが恵美子願いは一日《ひとひ》先立ちゆかむ

君が手をゆめ離すまじいつの日かその温もりの消ゆるときにも

お互い、何処か此処か不調なことを確かめ合ったときの正直な気持ちです。

そばにいて何も話さぬ時来るか言わずに分かる二人ならよし

多分、夫としては。

そばにいて言わずに分かる二人より甲斐無き会話疲れるがよし

多分、妻としては。

二〇一四年十二月一日、心豊かに歌うふれあい短歌会の自己紹介で披露したものです。

女房の小言までもが教科書のように聞こえることばの不思議

緊急の用事無くともメールする母の特権腕組みし見る

女の特権などと言うと問題発言だと言われそうですが、
次のことは、どう考えてもそうです。

会話は限りなく多いのですが、共に単語が出てこないことがあります。それでも言いたいことは分かるのです。

あのほらの会話で通じる都合良さボケとは言わず夫婦の年輪

年越しのご苦労さんと宜しくは二人を繋ぐ言葉の割り符

毎年毎年のことですが、夫婦で無事一年を終え新しい年を迎える。年末年始に交わす挨拶は、旧年と新年を、また二人を繋ぐ大切なものです。

父と息子《こ》の位置並らぶ日のさあ来たるオヤジと呼ばれああと応う日

男親と息子。いつしか対等の関係になります。自分の時もそうであったように。

食のこと恋愛のこと職のこと問い増されるは健康のこと

近くに暮らしていて時々帰ってくる次男。健康を一番に願います。

「お父さん」　呼ばれて嬉し初めての娘となりし嫁の愛しき

長男の嫁。初めての娘です。「お父さん」の言葉が、
今も新鮮です。

娘が出来ただけでも幸せなのですが、やはり孫を持ちたい気持ちは強いです。

父母の願いはいつかこの胸に慈しみ抱く小さき命

彼氏来る日記に書きし義父《ちち》の顔笑いていたかしかめていたか

初めて妻の実家を訪ねた時。義父は、どのような印象をもったのでしょう。

鹿川《ししがわ》のなばの椙木を担ぎゆく義父《ちち》の背中は誇りに満てり

義父は働き者でした。山を守り、田を耕し、牛を育て、家族を慈しみました。大変な知恵者でもありました。私は、そんな義父と話をするのが好きでした。温かく包み込むような話し振りが。

ほおばればよもぎの苦さ広がりぬ義母《はは》の無言の思い伝わる

義母の作るよもぎ餅は、滋養と愛情たっぷりです。

電話機の会話はいつもただひとつ元気なのかをくり返す義母《はは》

今年八十七歳になる義母。実父母、義父が他界し唯一人の親。婿としてこの上なく大切にされています。

亡き父の語りし戦争この次は十死零生くり返すまじ

中国戦線で五年近く戦った父は、私によく兵隊時代の話をしました。「十死零生」という言葉をある本で知り、父の思いに重なる気がしました。

母は、戦争の惨めさを、自分が勉強できなかったことに託してよく話しました。

女学校の授業は戦の弾作り母の無念は二度と起こさじ

生涯を職人として終わりしは父らしくあり誇らしくあり

十数年前に他界した父は、亡くなるまで現役の紳士服仕立職人でした。「いい仕事をしていたよ」と言ってくださる方がいて、何ともいえない気持ちです。

取り置きし包装紙に包むばら寿司は母の得意のもてなしの味

母は、料理好きで上手な人でした。お遣い物に使う包み紙は、いただいた菓子箱などの包装紙。私も丁寧に剝がすようやかましく言われました。

十三年前、父の死後直ぐに逝った母。見舞いに行って
も直ぐ帰る私が歯がゆかったのでしょう。

病中の母の日記の語句険し男の子は駄目と切り捨てており

いま仮りに戻れるときを許されなば父の最期に母の最期に

父母の最期に言葉を交わすことが出来なかったことが、
どうしても心残りです。親不孝でした。

父母はふるさとなりきいつの世も離《か》れてもやがて側に還らん

両親が、続けて亡くなって十数年。自分の年齢が近づいてくるに従い、もう一度会いたい気持ちが募ります。

天職はよびかけの意味と聞きおりし吾によびかけし人ありがたき

四十年間県庁以外知らずに過ごしています。天職なんだと思っています。

楠木の苔の深さに張る枝に四十年の思い重なる

楠の木ももっと若かったんでしょう。入庁以来、私を見守ってくれました。

多くの先輩達が、こう言って去られました。今、気持ちがよく分かります。

「大過なく」言葉の重みしみじみと念じて出だす時に備えむ

ひたむきに努めることの気高さを導き諭す先人の跡

今の宮崎の発展は、多くの先達の努力の賜です。その全てに感謝です。

様々な困難を越え花開く先見の明遥かな想い

厳しい時代に宮崎の将来を描いた人々。今飛躍しようとする姿にどのような思いを馳せておられるでしょうか。

「頼る」という言葉の意味を知りたく、未だに悶々としています。

本願は真に他力か頼るとは憑《たの》むと謂いて自力ならずや

三島由紀夫さんが自決したのは、私が高校三年生の時でした。国語の授業で短歌を創ることになっていましたが、そこに飛び込んできたニュースに、何となく訳も分からず、教室がざわついていた気がします。その時に自分が創った短歌と友人の一人が創った短歌は、今でも不思議に覚えています。その友人は、二十一歳で自ら命を絶ちました。今は亡き塩田道生のことを思い創りました。

感性の高さ意味なく若く逝く今も忘れぬ歌は残して

（塩田の短歌）　自衛隊起てと叫んだ楯の会腹切るときは横一文字

（私の短歌）　永遠の碧きをたたう五ヶ瀬川流れて末は大海に出ず

ひとあしのそのわずかさにちからえてまたひとあしをふみださむわれ

いただいた年賀状への返信に創った歌です。

いただいた年賀状への返信に創った歌です。

年重ね迷いを重ね求めゆく道はいつしか憑《たの》む心に

博美らは今は罷らむ子寝るとも添ひ臥す母は吾を待つらむぞ

自分の好きな和歌・短歌を本歌にして創った歌です。

新しき年の始めの初春の今昇る陽のいや益せ吉事

自分の好きな和歌・短歌を本歌にして創った歌です。

おしなべて心をつくる風ならばもの思はせよつれなきひとに

自分の好きな和歌・短歌を本歌にして創った歌です。

しら鳥はそむるあをさえ分かぬよもなおただよふかかなしかりけり

自分の好きな和歌・短歌を本歌にして創った歌です。

瑛九の宇宙の果てに残るのは一点の青無限の世界

美術館で瑛九の絵画をじっと見つめました。

見上げれば「抜けるような青空が」他に言葉無し宮崎の空

四季を通して宮崎の空は、他とは違います。これが本当の空です。

ふるさとの情景

五ヶ瀬町夕日の里に立つと、絵画の空間に居る感じがします。

真っ青な空のキャンバス描き初める夕日の里に一筋の雲

八百万の神降る太古を受け継ぎて賢き暮らし里人の知恵

高千穂は神々の里。人々は、あたかも神から授けられたかのように伝統や習慣を大切に守り暮らしに役立てています。

新しき命安らに生まるるを八戸観音はひっそりと待つ

八戸観音。安産の神で、私も願掛けに行きました。静謐の中にという言葉ぴったりに祀られています。

上鹿川渓谷。夏の日中の暑さは茹だるようでも、陽が落ちると、辺りは急に静かになり、涼しさが増してきます。

炎天のキャンプの賑わい掻き消えて静けさまさる渓の夕暮れ

北川と宇目との境にある藤河内。青春時代、毎年訪れました。木々と落葉の向こうに観音滝が待っていました。

踏みゆけば紅葉の隙《ひま》に白妙の衣おちゆく観音の滝

北浦は漁師町。巻き網で大漁だ！　灘アジは格別の味。
でも、家族は何よりも無事の戻りを願います。

荒波を蹴立てて進む船の艫祈る海幸《うみさち》笑顔の帰港

石垣に耳ふせおれば城山に飛びまわる日の吾が声ひびく

小学校の放課後は、城山の石垣を登って広場で遊ぶ毎日でした。休日も弁当持って行きました。昆虫採集や植物採集の学び舎でもありました。城山には、私の少年時代の全てがあります。

あゆやなの水真っ白く跳ね上げて落ちくる魚は尺になりたり

水郷延岡の秋の風物詩は、何といっても鮎やなです。
河原で食べる味噌焼きは格別です。

お大師《だいっ》さんおせったいのご馳走は一人一人のまごころの味

延岡と言えばお大師さん。おもてなしのこころ、おせったいのこころの元祖です。

午前零時工都延岡深夜バス産業支えて今なお活きる

延岡は、旭化成が立地し交代制勤務により操業を支えています。路線バスも一役買っています。

門川町枇榔島は、カンムリウミスズメの産卵地です。子ども達は、生命と環境の大切さを鳥たちから学んでいます。

カンムリを波間に浮かべウミスズメ教えよ子らに生きるちからを

神武東征。人々は航海の無事と事業達成を心から祈ったことでしょう。

日に向かう美々津の浦は天皇《すめらぎ》の船出を祝う光に満ちぬ

牧水のこころは残るふるさとの山陰のみどりなお碧くして

東郷町山陰は、言わずと知れた牧水のふるさとです。
この地の自然に牧水の原点があると思います。

こつこつと続けし文芸葉桜の短歌《うた》への情熱《おもい》今に息づく

薄幸の歌人小野葉桜。文芸誌の形でずっと顕彰し続ける地域があります。

青春の思い出淡し古寺の長石段のひとつひとつに

高校時代は勉強もしましたが、よく遊びました。宇納間全長寺での夏のクラスキャンプは、最高の思い出です。

時を越え百済伝説守る村正倉院とともに生きおり

美郷町南郷区（旧南郷村）には、正倉院と寸分違わぬ西の正倉院が建っています。

かぎりなくわのひろがりてのびゆくはくらしぐらしのちいさきめぐみ

奥椎葉川の口。同じ苗字の集落で、それぞれ屋号で呼んでいます。自然の恵み一杯の里です。

ストロベリーキャンドルの花穂真っ赤に咲き揃い力みなぎる椎葉の春は

椎葉村の友人から折に触れて届く季節の便り。生命の
鼓動を感じます。

フォレストピア諸塚村。村民の強い絆で村を守り続けています。

耳川の大峡《おおかい》小峡《こがい》越えゆけば櫟《くぬぎ》の森の待つ理想郷

極限も微笑《えみ》絶やさずに飛び発ちぬ至高の心空に冴す

新田原基地の皆さんと会うと、その穏やかさに驚きます。最緊張の中にも冷静さを失わない態度に心から敬服します。

口蹄疫の被害の後、復興の拠り所となったのは、都農町の小さな集会所でした。

ゆるやかにまちびと集う場所願う居場所は今やこころの住み処

幾度の試練に打ち克つ絆力合衆国の開拓魂

口蹄疫で全家畜を殺処分せざるを得なかった川南町。
入植以来多くの困難から立ち上がってきました。

こどもには「孤独《ひとり》でいる時間《とき》」が大切とえほんの郷の教え尊し

木城えほんの郷は、私のこころの相談室。黒木郁朝さん、森一代さん、いつも有り難うございます。

子どもらを優しく抱くまごころは変わることなき十次の命

石井記念友愛社の児嶋草次郎さんに、十次の考え方・生き方など詳しく教えていただき、案内をいただきました。

愛おしき子に授けん乳ゆたかにと母なら訪えよ日向の女神

都萬神社に詣でた時、主祭神のコノハナサクヤヒメが、そして鵜戸神宮のトヨタマヒメが、子育ての神様であると思い立ちました。

十六の小さき皿のもてなしは米良の恵みの挨拶代わり

二〇一五年五月九日、雨降る中を西米良小川城址公園にお昼を食べに行ってきました。

病得て都をはなれ身を浄めし式部の祈り残る山寺

法華嶽薬師寺。和泉式部伝説が残ります。愛染荘という美しい名前の施設があります。

連綿と伝わる匠現代に蘇らせる照葉の息吹

綾町は、古くて新しい町。悠久の自然と文化を色々な人たちが守り育てています。

神話のくに宮崎らしい奇岩「鬼の洗濯板」。自然の計らいに感謝です。

鬼使う洗濯板の鋸の目は小さき蟹の御殿となりて

川端康成先生が、時を忘れて見つめられていたと聞く
大淀川の夕映えは、今も美しくあります。

日向路の名残惜しむか夕映えはまだ赤々と輝いており

息軒の普遍の真理究むるは知をもつちから人の育成

清武町。学問・文化、工業、福祉など複合的な発展を遂げています。しかし、安井息軒を忘れることはできません。

医に看に捧げ尽くしし兼寛の「病人を診よ」の教え忘れじ

ビタミンの父高木兼寛生誕地高岡町。今でも地元の生徒の慈恵医大病院訪問研修が行われています。教育者高木兼寛の喜びが目に浮かぶようです。

佐土原町。薩摩島津の分家ですが、気位は相当に高かったようです。いざという時には、率先垂範の機運が残ります。

ひらけゆく町に名残の此処かしこ歴史を繋ぎ未来を築く

田野町の冬の風物詩、大根やぐら。鰐塚おろしを利用した知恵と協働の産物です。

大根の旨さ引き出す鰐塚の吹かせよいのち白きやぐらに

須木村。今は小林市須木となりました。栗の産地です。
須木の名前の本当の由来は何だったのでしょうか。

栗の里須《すべから》く木《き》のその名には国を支える誇り込めけり

シラス灰台地豊かに広がりてめろめろメロンまちをうるおす

野尻町は、園芸作物の盛んな町。合併がありましたが、
変わりなく発展しています。

満天の空の不思議を伝えるは美しき町星の燈台

高崎町は、連続して星空の美しい町に選ばれました。たちばな天文台は、その象徴として今も愛されています。

いにしえの自然のめぐみ活かしゆく案山子は守るボラ土のまち

山田町のシンボルは案山子。太古の昔の火山噴火の灰が積もって農作物の恵みをもたらしています。

難波津の髪長媛と大雀古事記彩る恋の大幕

髪長媛の伝説が残るまち高城町。四季折々に美しい花が咲きます。まるで髪長媛のように。

自然への敬い畏れ語り継ぐ河童伝説守る風景

三股町に残る妖怪伝説。環境問題が話題となるとき、カッパが出てきます。

新緑を風吹き抜けて湯けむりは峠を越える汽笛になびく

山之口町青井岳。緑と風と湯けむり、そして汽笛が調和して風情がありました。

肩張りて吾れぞ古武士と座り居る高千穂の姿《さま》土地人のまま

北諸県、西諸県に跨がって聳える高千穂峰。その姿は、様々に変化します。北諸県からの姿です。

清流のゲンジボタルの大乱舞恋焦がれ燃ゆ炎となりて

湧水の小林市出の山。ホタルの儚い光も、数集まって
精一杯の思いの発露に見えてきます。

神武天皇御生誕地の伝えのある高原町狭野神社。鳥の鳴き声の後、何事も起きなかったような常の静けさになりました。

一瞬の甲高き声振り向けば狭野の社は凛としており

雨のえびの高原。赤松林はしっとりと濡れ、明るい日とは違った趣がありました。

名はゆかしえびいろ染めの赤松の雨にうたれて深まりて見ゆ

愛らしく白桃色に咲き初める野海棠呼ぶ高原の春

えびの高原には、ノカイドウが自生しています。高原に春を告げる宮崎の宝です。

神話のふるさと宮崎。神々をお祀りしている神社にも
宮崎らしさがあります。全国で唯一、海幸彦を主祭神
とする北郷町潮嶽神社もその一つです。

密やかに海幸《うみさち》の神祀る杜日向の民の心根優し

黒潮の薫りを添えてむらさきの匂い渡らす波ジャカランダ

宮崎とブラジル県人会との架け橋ジャカランダ。昨年は、宮崎に種が届けられて五十周年となり、大切な絆の花木となりました。

宮崎の杉が、今あらためて注目されています。これまでも、これからも私たちの暮らしを支えて欲しいと思います。

颯爽と天《そら》に伸び立つ木々の群れ末しなやかに恵みあたえよ

弓なりにはる都井の海飛び出せば地球という船乗る気分

都井岬灯台に立って太平洋を見渡しました。二百七十度の水平線に引っ張られそうでした。

都井岬の岬馬。子馬たちが元気に育ってくれることを
願います。

乳を吸え草芽を漁れ若駒よ岬の丘の主となるまで

満天の星の雫に濡れながら愛を囁く此処は恋が浦

恋が浦とは、何とロマンチックな名前でしょうか。それだけで恋が芽生えそうです。

あはれこころの

ＴＶでメール告白のようなことを放映していました。
その時ふと感じました。昔も今も一緒だと。

恋愛の始めは不思議めぐりくる和歌よむ昔メールの今と

濃く淡くインクの跡にこころねを伝える文の美しくあり

手紙や葉書には、内容だけでなく、筆跡などにまでメッセージが込められています。

かつかつかつかつかつかつと近づきぬ想いにひびくあのハイヒール

バス通勤時代の思い出。県庁近くバスを降りて歩き出すと決まって聞こえてきました。

風の盆恋することの切なさと愛することの哀しみの宵

高橋治著「風の盆恋歌」を読んでのイメージです。

音楽は不得手ですが、チェロの音色には何故かしら引き込まれてしまいます。

妖しくも神の御業か罠に入るチェロの音色は人惑うよう

方言は意気投合の特効薬気持ちなごませ心をひらく

人見知りの自分でも、方言を使い出せば何とか入っていけます。

そよそよとそよふく風に撫ぜられて萌える若葉のこそばゆくおり

新緑の楠並木。ベンチに座っていると何か聞こえてくる感じでした。

我が家のデッキに腰掛けていると、時折良い風が吹いてきて時間が止まる時があります。

さやさやと頬かすめゆく夕風の心をぽっと空にさせおり

まっ白な歯のこぼれ出てほほ笑みは健やかな子の明日を約す

親と子のよい歯のコンクールに行きました。はちきれんばかりの笑顔に溢れていました。健康そのものです。

さらさらとゆれる笹の葉託す夢ゆめ揺らさずに天まで運べ

神様にお願いすればきっと願い事は叶うはずです。

六月の雨紫陽花を咲き移す心の色を映すがままに

庭に植えた紫陽花が、今年も変化しています。自分の気分も毎日変わります。

じんわりと手足を伸ばす爪鳴らすカニサボテンの動き怪しき

我が家には、鉢植えが幾つかありますが、それぞれに
表情があって楽しいです。

身はこごみ世はあわただし冬の夜も団欒の家心ぬくもる

好きな季節には中々入らない冬。でも寒いからこそ家族で温め合う良い季節なのだと思います。

二〇一五年五月五日、文化公園。沢山の親子連れで楽しそうでした。

こどもの日弾ける笑顔弾む声家族というは変わらぬ宝

山あいの流れる時間《とき》は変わらぬをただ変わりゆく人のなりわい

中山間地域で生活を続けていくことは、大変厳しくなりました。しかし、守っていかなければなりません。

震災の傷なお深くくらくとも広がる絆明日のひかりに

毎年、気仙沼のＮＰＯの人達と交流しています。前向きな明るい姿勢に感心します。

千年の思ひたくしし望月に影だにうつせ竹取の姫

かぐや姫の物語。帝の気持ちになったつもりで。

天空を舞台に開く一夜劇幕下りるまで雲な渡りそ

年に一度の七夕の逢瀬。最後まで見届ける観客でいたいものです。

我が区では、夕方五時にドボルザークの「新世界より」が流れます。季節によって受ける感じが違います。

夕暮れの帰宅のメロディ新世界冴えゆく冬は足いそがれる

春夏秋冬。それぞれの期間は、宮崎では一様ではないように思います。春はあっと言う間に過ぎます。

やわらかにひかりさす日の懐かしき四季は名のみの春の短さ

いにしえの戒め今もよみがえる天変地異も人なせる業

ここのところ自然災害が頻発しています。自然現象だと言えばそれまでですが、昔から神様の怒り云々の言い伝えもあります。我々も自然を怒らせるようなことをしていないか、時に反省も必要です。

地球時代《グローバル》世界のしくみ変わるとも結ぶ人のわ確かなちから

地球規模で考える時代と言われますが、基本は人と地域。その力は計り知れないものがあると思います。

古の言葉の実り伝えるは「ちとせはふとも」残る墨文字

西都原考古博物館企画展～文字がつたえたもの～を見学して

隼人盾彫り残らせし文字のあと妹恋い悶う防人の魂

西都原考古博物館企画展～文字がつたえたもの～を見学して

悲しきは謂れ無きこと繰り返す痛みは何か心より問え

中学二年くらいまで、背が低いこと、ケンカが弱いことなどで「からかい」の対象でした。その後は、良い友人達に恵まれ、私の良さを引き出してくれました。しかし、大人社会は結構むごいものです。冗談という言葉を前置きして、からかいが来ます。私も冗談っぽく諫めますが、直りません。いじめが社会問題となっていますが、大人が範を示すべきことと改めて思います。

時として被害と加害入れ換わる戦争こそは真の加害者

戦争では、一方で被害者となり、他方で加害者となることが多々あります。個人としてはともかく、組織や国というレベルで考えるとそう思われます。例えば、空襲一つとっても、日本は、他国民を被害者にしなかったかを勉強し直すことは大切です。戦後七十年、共に悲惨な戦争を繰り返さないために。

ひむかいの塔の前に立つと、亡くなった方々の無念が思われます。

理無《わりな》くも異郷に斃れし英霊の安らぎ祈るひむかいの塔

戦後七十年、あらためて戦争の悲惨さと平和の尊さを
かみしめています。

流れゆく時は止まれりこの日には七十年の刻は重なる

宮崎の夏は暑い。さらっとしているとは言っても、太陽はギラギラ。それなのにカンナは真っ赤に咲き誇っています。

かっと燃える空気も大地も煮えたぎるカンナは赤をすまして出《い》だす

振り向けば残ししはずの影も無し積み重ねゆく終の時まで

自分のこれまでの成果とか実績とかが気になるのですが、振り返ってみると、結局大したことはありません。明日に向かって、日々、自分にできることを、しっかりやるのみです。

ともすると全力疾走しがちですが、何かの折に、ひと
休みすることの大切さを思います。

やむことを忘れしおりの雨やどりまつこともまた心うるおい

照り狂う夏の夕暮れ軒先に鈴の音調ぶる風のやさしき

日中が暑いほど夕方の風が有り難く感じられます。

はなびらのはかなくちるをみてしよりあはれこころのさくはおもへず

「あはれ」という言葉は、私には解釈のできない言葉です。この歌だけは歴史的仮名遣いで詠みました。

跋文

「ことばの不思議」な力をあざやかに

歌人・若山牧水賞選考委員　伊藤　一彦

稲用博美さんは、半年ほど前に短歌を初めて詠んだという。そして、このたび歌集を出版する運びとなった。これまでそんな短期間の作歌経験で歌集を出した人を私は過去に知らない。もちろんそのつもりになれば誰でもできると言えるが、作品のレベルが問題である。稲用さんの歌はレベルが高い。そして、作品世界がすがすがしい。対象が人間であれ、自然であれ、率直で爽やかな愛情にみちている。

女房の小言までもが教科書のように聞こえることばの不思議

稲用さんが初めて詠んだ短歌である。とても初心者の作と思えない味わいの深さである。妻に対する愛情が根底にあっての歌であるが、五句三十一音の伝統詩の短歌の「ことばの不思議」な力をあざやかに伝える。稲用さんは短歌の力をあらためて認識し、作歌に情熱をそそがれたものと思われる。その作歌がこの歌集に見られるような成果となったわけだが、稲用さんのこれまでの豊かな文学的教養が大きく働いたことは間違いない。

稲用さんは名古屋大学経済学部を卒業した後、宮崎県庁に入り、長年にわたり県民のための行政ひとすじに生きて、現在は県副知事の要職にある。激務のなかの作歌は時間的にも容易ではなかろうが、熱心に作歌しておられる。稲用さんは若山牧水の母校の県立延岡中学、今の延岡高校の出身である。

「支えくれしもの」の章は、家族や友人などへの感謝の歌である。妻を歌った作を引いてみよう。

君が手をゆめ離すまじいつの日かその温もりの消ゆるときにも
そばにいて何も話さぬ時来るか言わずに分かる二人ならよし
あのほらの会話で通じる都合良さボケとは言わず夫婦の年輪
年越しのご苦労さんと宜しくは二人を繋ぐ言葉の割り符

一読して温かい情感が伝わってくる。夫婦はこのように年を重ねたいものだと思わせる。一方「多分、妻としては」の詞書きのもとに「そばにいて言わずに分かる二人より甲斐無き会話疲れるがよし」という歌があるのもおもしろい。

取り置きし包装紙に包むばら寿司は母の得意のもてなしの味
亡き父の語りし戦争この次は十死零生くり返すまじ
ほおばればよもぎの苦さ広がりぬ義母《はは》の無言の思い伝わる
鹿川《ししがわ》のなばの榾木を担ぎゆく義父《ちち》の背中は誇りに満てり

義父、義母、父親、母親に対する敬いの心が深く感じられる。
宮崎の先人を歌った作もある。

瑛九の宇宙の果てに残るのは一点の青無限の世界

前衛画家の先駆者の作品を見つめながらのこの歌は、稲用さんの「無限の世界」へのあこがれも示しているだろう。牧水の「けふもまたこころの鉦《かね》をうち鳴《なら》しうち鳴しつつあくがれて行く」（「海の声」）と通じる世界である。
「ふるさとの情景」には宮崎県内が広く歌われており、このことが本歌集の大きな特色である。

八百万の神降る太古を受け継ぎて賢き暮らし里人の知恵（高千穂）
あゆやなの水真っ白く跳ね上げて落ちくる魚は尺になりたり（延岡）
牧水のこころは残るふるさとの山陰のみどりなお碧くして（日向）
子どもらを優しく抱くまごころは変わることなき十次の命（高鍋）
病得て都をはなれ身を浄めし式部の祈り残る山寺（国富）
連綿と伝わる匠現代に蘇らせる照葉の息吹（綾）
鬼使う洗濯板の鋸の目は小さき蟹の御殿となりて（青島）
名はゆかしえびいろ染めの赤松の雨にうたれて深まりて見ゆ（えびの高原）
乳を吸え草芽を漁れ若駒よ岬の丘の主となるまで（都井岬）

そのいくつかを見てもらった。宮崎県内の各地がもっといろいろ歌われているので、読者は目を通して見られると楽しい。

宮崎県は短歌作りの盛んな県である。歌壇最高の歌集に贈る「若山牧水賞」がある。全国の高校生が歌合わせで勝負を競う「牧水・短歌甲子園」がある。全国唯一の高齢者全国短歌大会「老いて歌おう」がある。県内の短歌コンクールは数えきれないほどである。「古事記」の神話に歌が登場するが、宮崎は神話と短歌の国なのである。そんな宮崎県なので県の副知事さんが歌集を出してもなんら不思議でないどころか、むしろ当然なのである。

『一点の青』が多くの人の手に取られることを願っている。

あとがき

「本を読むことが趣味です。」という風に言えるようになったのは、四十代半ば過ぎ、あるいは、もっと遅く五十代になってからでしょうか。それと同時進行で、「ことば」にも興味を持つようになり、メモ書きする習慣も身についてきました。しかしながら、ことばへの興味が短歌や俳句といったものに進んでいくことはありませんでした。もちろん、読んできた本の中には、短歌や俳句の解説書もありましたが、あくまでも知識としての範囲であって、時々県庁の職員の皆様へメッセージを書くネタとなる程度でした。

今回、自分で短歌を創り、一冊の本にするという大それたことを思い立ったきっかけは、伊藤一彦先生が司会をされた「老いて歌おう二〇一四」に、知事代理としてスピーカーを仰せつかったことが、一番です。あの時、伊藤先生に、「自己紹介代わりに自作の短歌を披露してもいいですか?」とお許しをいただいたのが、「女房の小言までもが教科書のように聞こえることばの不思議」です。その時に感じたことは、稚拙さは仕方ないとして、少なくとも気持ちを三十一文字にしてみることは面白い。自分にも出来るのではないか、ということでした。

二番目の理由、これは、いたって単純な「あこがれ」です。生涯に一度でいいから自分の「本」を出してみたい。ずっと温めているものが別に一つあるのですが、何故かここに来て後にしようと考えるようになりました。それは、次の三番目の理由に関係します。

今年は、若山牧水生誕百三十年です。県行政などにより様々な記念事業が行われます。牧水は、私にとっては高校の先輩にあたります。牧水と自分とを繋いでみたい。何か出来ることがあるだろうか。答えが短歌集でした。

とにもかくにも、一つの本として形づくることが出来たことは幸せです。自費出版したいという我儘を許してくれた妻には、感謝しています。お名前を出させていただいた方々には、お許し願いたいと思います。

終わりに、初めて本を出すということで、何も分からない私にご教示下さった鉱脈社の藤本敦子様に、そして、誰よりも、短歌集の作成と出版にあたって数々のご助言をいただき、跋文まで書いていただいた伊藤一彦先生に心から感謝いたします。

平成二十七年七月一日

［著者略歴］

稲用 博美（いなもち　ひろみ）

1953年３月10日　延岡市に生まれる
1971年３月　宮崎県立延岡高等学校卒業
1975年３月　名古屋大学経済学部卒業
1975年７月　宮崎県庁入庁
2013年４月　宮崎県副知事就任
現在に至る

歌集 **一点の青**

二〇一五年八月　三　日　初版印刷
二〇一五年八月二十四日　初版発行

著　者　稲用博美

発行者　川口敦己

発行所　鉱脈社
〒八八〇-八五五一
宮崎市田代町二六三番地
電話　〇九八五-二五-一七五八
郵便振替　〇二〇七〇-七-二三六七

印刷　有限会社　鉱脈社
製本　日宝綜合製本株式会社

印刷・製本には万全の注意をしておりますが、万一落丁・乱丁本がありましたら、お買い上げの書店もしくは出版社にてお取り替えいたします。（送料は小社負担）